AF384792

Bluettes.

1824.

IMPRIMERIE DE J. TASTU, RUE DE VAUGIRARD, N. 36.

IMPROMPTU

A MADAME LA BARONNE DE B*** QUI M'AVAIT PROPOSÉ
EN PLAISANTANT D'EMBRASSER MADEMOISELLE CORALIE,
TRÈS-JEUNE ET TRÈS-JOLIE PERSONNE.

Moi, pauvre aveugle, et vieillard sans pudeur,
Je pourrais profaner ces lèvres purpurines !
De ce beau teint, de ces couleurs divines
Mon souffle ternirait l'éclat et la fraîcheur !
Je puis le désirer ; sage et juste je n'ose.
Ce n'est pas au froid Aquilon,
Mais au zéphyr, au léger papillon,
Qu'il appartient de caresser la rose.

QUATRAIN.

Un jeune fat, d'amour-propre rempli,
Passant auprès de la laide Lucette,
Lui dit : Adieu, belle imparfaite.....
Adieu, lui reprit-elle, adieu, fat accompli.

RÉPONSE

A M. LETOURNANT,

QUI M'AVAIT ÉCRIT POUR ME DEMANDER SI LES MUSES ME
FAISAIENT TOUJOURS QUELQUES LARCINS.

LORSQUE toujours on est dans la tristesse,
Dans les tourmens et la douleur,
On ne peut plus avec honneur
Se montrer au Permesse.
Non ce ne sont point les Neuf Sœurs
Que je fréquente et que j'adore ;
C'est du dieu puissant d'Épidaure
Que je convoite les faveurs.
Mais c'est en vain que ma prière
A lui s'adresse tous les jours :
Il a beau dire, il a beau faire,
Il ne me rendra plus aux folâtres amours.
Il ne me rendra plus la lumière,
Pour admirer encore l'univers,
Et je finirai ma carrière

Sans avoir pu lire vos vers.

Mais vous savez que je puis les entendre ;

Venez donc, mon cher Letournant,

Venez les lire et me les rendre

Avec ce charme, cet accent

Qui font pénétrer dans mon ame

La divine et pure flamme

Dont Apollon vous fit présent.

LE ZÉPHYR

ET LA SOEUR DE LA ROSE.

Un jour Zéphyr voltigeait
Sur les bords fleuris de la Seine :
Chaque fleur s'embellissait
De son souffle divin et de sa douce haleine ;
Mais tandis qu'il les caressait,
Que sur chacune il se repose,
Passe une belle à la bouche mi-close,
Et dont un doux parfum en s'ouvrant s'exhalait.
Le Zéphyr aussitôt est épris de la belle.
Il vole, accourt, approche d'elle,
Ne doute plus que ce soit une fleur,
Et bientôt de la rose il reconnaît la sœur.
Ah ! lui dit-il, ni l'empire de Flore,
Ni la matinale Aurore
Ne m'offriront plus désormais
Autant que vous de charmes et d'attraits.
Si vous daignez recevoir mon hommage,

Zéphyr à l'avenir ne sera plus volage.

On ne gagne rien à changer,

Dit-elle en souriant ; d'ici-bas c'est l'usage :

Une belle pour plaire a besoin d'être sage,

Et le Zéphyr de voltiger.

LE GASCON ET L'OCULISTE.

CERTAIN Gascon aimait beaucoup Adèle ,
Petite femme aimable autant que belle.
    Par un malheureux accident
Elle eut à l'œil quelqu'inconvénient.
    Fallut chercher un oculiste.
On parcourut avec grand soin leur liste.
Miss Adèle choisit le célèbre Grandjean.
On l'appelle aussitôt ; il arrive à l'instant :
Avec prestesse et succès il opère.
    Le Gascon tout enchanté
Lui dit : Monsu, quel est votré salaire?
L'honneur, reprit Grandjean d'un ton de gravité.
    L'honnur, Monsu, c'est bonné marchandise
Qu'en mon pays ausi fort grandément on prise.
    Mais, cependant, sans rire dité-moi
Franchément cé qué jé vous dois ?
    — Un doux baiser de la belle malade.
    — Prénez, Monsu, prénez une embrassade.

Ah ! dieu si jé pouvais payer ainsi complant

   Des débiturs dont la foulé m'obsède ,

Qu'un baiser à mes maux sérait un bon rémède.

LA ROSE

ET LES DEUX BOUTONS.

FABLE.

Dans un jardin charmant, paré de mille fleurs,
    Brillait entr'elles une rose
    Fraîche, odorante, et récemment éclose
Auprès de deux boutons de diverses grandeurs.
L'un plus fort et plus fier, tout hérissé d'épines,
    Semblait dire aux fleurs ses voisines :
    Dès demain je m'épanouirai,
    Et sur-le-champ je vous effacerai ;
L'autre d'écorce douce et partant fort modeste,
S'énonçait seulement par une odeur céleste.
    Mais tout-à-coup un vent impétueux
    Survint, abat le bouton orgueilleux ;
    L'autre, tapis sous l'aile de sa mère,
Fut intact et devint l'ornement du parterre.

    L'orgueil est de tous les défauts

Le plus détesté de la vie.
A lui seul sont dus tous les maux ,
Tous les biens à la modestie.

A MADAME DU F***

QUI, EN M'ENVOYANT UNE FABLE SUR LA VIOLETTE, SE
DISAIT OUBLIÉE DES MUSES.

POURQUOI faire ainsi vos honneurs?
Quand on est comme vous d'Apollon bien aimée,
Peut-on croire d'être oubliée
Au Permesse et par les Neuf Sœurs?
Non, non, dans le monde, au Parnasse
Votre esprit et votre grâce
Ont toujours captivé tous les cœurs.
Et partout, comme parmi les fleurs,
La modeste et simple Violette
Fait toujours la conquête
De l'homme de bon goût.
Vous trouverez aussi partout
Des amis, des amans, des serviteurs fidèles.
Les hommes aiment les modèles
D'esprit, de grâce et de bonté :
Et je crois que tout bien compté
Personne mieux que vous n'unit et ne rassemble

Tant de mérite et de grâces ensemble.

Cessez donc de vous plaindre et de vous excuser.

Penseriez-vous aussi de m'abuser ?

Vous vous trompez , mes yeux sont mon oreille ;

Je n'y vois pas, mais j'entends à merveille.

Si par malheur je ne vous ai point vu

Je vous ai bien , mais très-bien entendu.

Vous le savez parfaitement , Madame,

Qui vous entend perd son cœur et son ame.

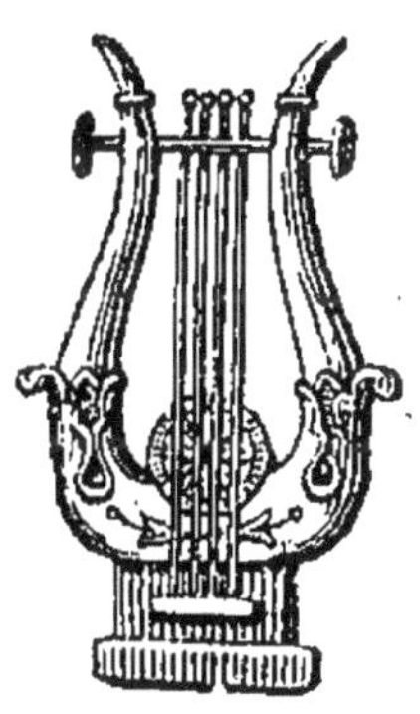

LES CONSOLATIONS

D'UN AVEUGLE.

Je te salue, ô doux printemps !
  Charme et délices de la nature,
    Honneur et gloire de nos champs,
  Amant des fleurs, père de la verdure,
  Objet chéri de mes timides chants.
    Quoique le ciel dans sa colère
    M'ait privé de la lumière,
  Je puis encor jouir de ta douceur
    Malgré tout mon malheur.
Du zéphyr qui se glisse à travers le feuillage,
Je puis sentir le souffle et goûter la fraîcheur ;
Je puis du rossignol entendre le ramage,
Et de l'astre du jour éprouver la chaleur ;
Des rayons éclatans de la brillante Aurore
Je puis apercevoir quelque faible lueur
  Et parcourir le domaine de Flore,
  En savourant le parfum de ses fleurs.

Du lys superbe, et de la fraîche rose
Je puis humer les suaves odeurs,
Du miel que l'abeille y dépose,
Comme des fruits connaître la saveur,
Comme sur une bouche mi-close
Je puis aussi voler quelque faveur,
Et si ma main sur Irma se repose,
Je puis sentir battre son cœur ;
Enfin, je puis bien autre chose,
Et c'est assez pour mon bonheur.

PETIT VOYAGE D'ANNA

À PARIS.

CONTE HISTORIQUE.

ANNA, jeunette encore, et restant au village,
    S'était mise en servage
  Chez un vieillard habitant de Paris;
  En la prenant Monsieur avait promis
De la mener un jour pour voir la capitale.
    Depuis lors elle s'occupait
Du plaisir que bientôt à Paris elle aurait.
  Arrive enfin cette heureuse journée
    Où doit avoir lieu le départ.
  Paquets sont faits, voiture préparée;
    On charge, on monte, on fouette, l'on part.
Pour la première fois Annette est en voyage :
Elle ne connaît point secousse ni cahots.
    Ses souliers et ses sabots
De tous les temps furent son équipage.

Elle se moque des sauts et bonds
Que lui fait faire la voiture.
Les écarts même de la monture
La font rire des poltrons.
D'un œil surpris et d'une ame attendrie
Elle voit les beaux champs et la verte prairie,
Sublime ouvrage du créateur
Qu'elle révère encor dans le fond de son cœur.
Enfin à la moderne Babylone
Advint Anna : d'abord elle s'étonne
De ne pas trouver sous ses yeux
Tous ces objets riches et merveilleux
Dont on lui fit si souvent la peinture.
Tout doux, Anna, dit alors le vieillard ,
Vous les verrez un peu plus tard ;
Mais il faut faire jeu qui dure :
Paris ne se voit pas ainsi dans un seul jour ;
Avec le temps nous en ferons le tour.
Cela bien dit la voiture s'arréte ;
Au logis du vieillard ensuite tête-à-tête
Il monte avec Anna dans son triste manoir.
Elle y resta long-temps, et du matin au soir.
Mais un beau jour notre sexagénaire ,
Sans doute de meilleure humeur,

Ou bien pour se faire honneur

Auprès d'Anna, lui dit : Ma chère,

Habillez-vous , et nous allons sortir.

Anna ne se sent plus de joie et de plaisir,

Et vite et vite elle se pinpenoche ,

Prend son fichu , son tablier à poche ,

Tout aussi fière qu'un César ,

Court s'attacher au bras de son vieillard.

Zest, les voilà partis. Ils parcourent ensemble

Les quais, les ponts, le Louvre, le château.

Lors, le vieillard lui dit : « Eh bien ! que vous en semble ?

« Ah ! Monsieur, reprit-elle, ah ! mon Dieu ! que c'est biau !

— Allons, Anna, visiter ces ombrages

Où le vice est vainqueur de la vertu des sages ,

Où les jeux, les plaisirs, les volages amours,

Se disputent les nuits et s'emparent des jours.

C'est au Palais-Royal, Anna, que je vous mène.

Allons, nous y voilà. — Ciel ! j'y voyons à peine.

Queu bruit, queu lumière, et combien de bourgeois !

Je ne savons pas bien, tredame, si j'y vois.

Queux cafés, queux traiteurs, queux dames dans leurs loges!

Queux beaux marchands d'horloges !

Monsieur, dans le jardin ces dames à chapeau ;

Leurs habits ; leurs bijoux, voyez comme y sont beaux !

Elles chantent toujours , elles ont l'air de rire

A tout ce que chacun vient tour à tour leur dire ;

    Monsieur , que sont ces dames-là?

      — Fort peu de chose, Anna,

Sous leurs habits brillans se cache l'artifice ,

Et leur âme et leur cœur ne sont ouverts qu'au vice.

— Queu dommage ! elles ont pourtant l'air bien poli.

Dans ce Palais-Royal je trouve tout joli.

Plus je faisons de pas , plus je sommes surprise.

Ici , chacun pour rien offre sa marchandise.

    Damê, chez nous tant s'en faut,

Je la faision toujours le double qu'elle vaut.

— C'est de même à Paris , Anna ; ces bonnes grâces

Ne sont le plus souvent que de vaines grimaces ;

Ne vous y prenez pas et méfiez-vous en.

C'est pour mieux vous tromper que le marchand les prend.

Monsieur , je ne jugeons jamais que sur la mine.

    Queu bonne odeur je sens !

    Elle est de la cuisine

    D'un grand restaurateur.

    Tredam ! la seule fumée

    Ravigote mieux le cœur ,

    Que ne faisait ma fricassée.

— Il se fait tard, Anna, retirons-nous, demain

Nous ferons dans Paris encor quelque chemin.

— Ah ! Monsieur, si notre journée

Est chaque fois aussi bien employée,

Je suis sûre qu'Anna

Dans son pays jamais ne reviendra.

A MADAME DU P....,

APRÈS L'AVOIR ENTENDUE DANS UN CONCERT.

VOEUX insensés, trop coupables désirs !
Gardez-vous de troubler nos innocens plaisirs.
Les sons divins que vous venez d'entendre,
Cette voix douce et tendre
Qui captive les cœurs, qui charme tous les sens,
N'est point le fruit des timides accens
D'une simple mortelle,
Mais de l'enfant chéri d'Euterpe et d'Apollon,
Mais des muses la sœur fidèle
Qui descend du sacré vallon,
Celle enfin qu'autrefois Zeuxis ou bien Apelle
Et le sage Xénophon
Eussent prise pour modèle
Pour peindre la Vertu, la Grâce et la Raison.
Écoutons-la, chérissons-la sans cesse ;
Et quand nous l'entendrons, abjurant notre ivresse,
Redisons tous : « Trop coupables désirs !
Gardez-vous de troubler nos innocens plaisirs. »

SOUVENIRS

DE MA VIEILLESSE,

OU

MA CONFESSION SUR LES FEMMES.

Dans mon printemps je courtisais les dames ;
Mon été fut témoin de mes plus chers amours ;
Dans mon automne encor je fus l'ami des femmes,
Et de leur souvenir je nourris mes vieux jours.
Oui, j'ai vécu pour adorer les belles,
Leur charme et leurs talens ont enivré mon cœur,
 Et ce fut toujours auprès d'elles
 Que je goûtai le vrai bonheur.
 Où trouver ailleurs autant d'âme,
 Autant de sensibilité ;
Qui ne sait pas que le cœur d'une femme
 Est une source de bonté ?
Qui ne sait pas que ce sexe adorable
Met encor plus de gloire et de bonheur
A consoler, soulager le malheur,

Qu'à nous paraître aimable?

Qui ne sait pas que ce maudit amour,

Qui dans leur cœur cause tant de ravage,

N'est qu'un torrent enfanté par l'orage,

Qui se dissipe et que suit un beau jour.

De ce sexe que j'adore

Jusques à mon dernier soupir,

Ainsi que depuis mon aurore,

Je parlerai toujours avec joie et plaisir,

Et je dirai sans cesse à qui voudra m'entendre

Que l'homme le moins vertueux

A besoin pour être heureux

D'une femme..... sensible et tendre.

LA CHRYSALIDE,

ou

LE PAPILLON NOUVEAU-NÉ FIXÉ.

FABLE.

Un ver devenu chrysalide,
Ensuite papillon tout neuf,
A peine sorti de l'œuf,
Que le hasard le guide
Dans un jardin orné de mille fleurs,
Où les parfums et les couleurs
Faisaient briller une superbe rose.
Sur elle avec respect le nouveau-né se pose ;
Tout doucement se glisse dans son cœur ;
Il en hume le suc, en respire l'odeur,
Et, sous ses feuilles purpurines,
De ses émanations divines
Commençait à se nourrir,

Allait peut-être expirer de plaisir ;
La rose s'aperçoit de cette folle ivresse,
Et dit alors au papillon :
A votre âge peut-on
Avidement rechercher la mollesse ?
Allez parcourir ce jardin,
Voltigez sur le lis et sur le jasmin ,
Sur la jonquille et sur la primevère :
Quand on est jeune à tout il faut chercher à plaire.
Aussitôt le papillon ,
Profitant de la leçon ,
Se met à voltiger tout au tour du parterre ,
Caresse fleurs et fruits , et ne touche pas terre ,
Et nulle part ne trouvant le bonheur,
Revole vers sa reine ,
Lui dit : Je n'ai trouvé nulle part votre haleine
Ni votre parfum enchanteur.
Excusez, ne vous déplaise ,
Et quoique papillon , et quoique nouveau-né,
Je suis auprès de vous si content, si bien aise ,
Que je suis pour jamais par la rose fixé.
La rose, en souriant, reprit : Je vous pardonne ;
Le vrai sage est toujours flatté
De sauver un nouveau-né

Du danger qui l'environne.

Jeunesse, redoutez les plaisirs, les appas
Que vous rencontrerez en entrant dans le monde,
Et ne persistez pas, si le sort vous seconde,
A votre premier choix, à votre premier pas.

LES REGRETS DE LINDOR,

ou

L'INCONSTANCE DE ROSE.

ROMANCE.

Sur ce rivage heureux où Rose délirante
A son jeune Lindor prodiguait ses faveurs,
Lindor qu'elle abandonne à l'écho dit et chante,
Dans les termes suivans, sa plainte et ses douleurs :

Pleurez mes yeux, pleurez, versez d'amères larmes ;
Rose que j'adorais, qui faisait mon bonheur,
Va porter loin de moi ses grâces et ses charmes.
Pleurez, mes yeux, pleurez sur l'état de mon cœur.

La cruelle me fuit ; son âme indifférente
Méconnaît les sermens, mon amour et sa foi,
Ingrate par nature, et par goût inconstante,
La seule indépendance est ton unique loi.

Viens à mon aide , ô mort, viens fermer ma paupière.

Sans Rose, hélas ! que ferai-je du jour !

Il ne me reste plus sur cette triste terre

Qu'à mourir désormais de douleur et d'amour.

Lindor se tut, et, des bords du rivage,

Rose qui l'écoutait s'écria sur-le-champ :

Console-toi, Lindor ; le temps ainsi que l'âge

T'apprendront que l'amour ne dure qu'un moment.

SALUT A MON BANC,

AU PRINTEMPS DE 1823,

APRÈS TROIS ANS D'ABSENCE.

SALUT à mon cher banc, jadis si délectable,
Où dans les premiers ans de mon adversité,
Je voyais accourir cette jeunesse aimable
Qu'égare trop d'amour pour la célébrité.

Enfin auprès de toi le printemps me ramène.
Je prépare mon cœur à de nouveaux plaisirs,
Tu sers de rendez-vous à plus d'une syrène,
Et de témoin discret aux plus tendres soupirs.

Te souvient-il encor de la douce colombe,
Qui venait autrefois près de toi méditer?
L'infortunée, hélas ! sur le bord de la tombe,
M'ordonna de venir souvent te visiter.

Va, dit-elle en mourant, va sous ce verd feuillage,

Où pour te rencontrer je volais chaque jour,
Interroge ce banc, l'écho du voisinage ,
Ils te parleront tous de mon sincère amour.

Ils te rediront tous combien avaient de charmes
Les momens où j'avais le bonheur de te voir ,
Et combien ils m'ont vu verser d'amères larmes,
Lorsque de t'embrasser je perdais tout espoir.

Va sur ce banc heureux , mais loin de ta pensée
Le bonheur que ravit un souffle du zéphyr ;
Conserve dans ton cœur la consolante idée
De nous rejoindre un jour dans un autre avenir.

J'obéis à la voix d'une femme chérie ;
Près de toi, mon cher banc , je viens m'entretenir
Des bontés, des vertus d'une fidèle amie
Et noyer mes regrets dans son doux souvenir.

A CLAIRE

QUE JE RETROUVAIS APRÈS VINGT ANS.

A la fin de ma carrière,
Après vingt ans passés de peine et de malheur,
Je te retrouve, aimable Claire,
Et de te voir je n'ai plus le bonheur.
Le ciel m'a ravi la lumière,
Cet heureux don de la clarté du jour:
Ah ! puisse-t-il dans sa colère
Ne m'avoir pas ravi ton cœur et ton amour !
Serait-il loin de toi ce jour, ce jour prospère
Où je te vis pour la première fois,
Où je vis dans tes yeux ton âme tout entière,
Où ces beaux yeux me dictèrent des lois.
Oui, depuis lors, à ma mémoire
Se présentent à tous momens
Ces temps où je mettais ma gloire
A t'exprimer mes sentimens.
Hélas ! ainsi que l'étincelle
Qui naît et meurt au même instant,

J'ai vu périr cette flamme nouvelle

Qui ne peut plus renaître maintenant !

Tout est fini pour moi ; je ne puis plus attendre

Ni plaisir ni faveur,

Et désormais je dois me borner à t'entendre,

A te presser contre mon cœur.

Mais sur mon cœur avec tendresse

Te presser, n'est-ce pas jouir !

Oui, deux plaisirs encor restent à la vieillesse,

Le tendre sentiment et le doux souvenir.

LA PRUDE,

ou

IL NE FAUT JAMAIS CROIRE QU'A LA MOITIÉ DE CE QU'ON DIT.

UNE de ces beautés dans le monde inconnues,
Toutes seules portant leur vertu jusqu'aux nues,
   Avec des dames du bon ton,
Et dont la politesse égalait la raison,
   Eut certain jour une rixe scabreuse.
   Il s'agissait de chose scandaleuse.
   On accusait la dame Du Hasard
D'en être tout au moins au sixième bâtard.
   Subitement sort de la compagnie
   Ce cri furieux : A bas la calomnie !
Peut-on traiter ainsi la vertu sans pitié ?
Du Hasard six enfans ! passe encor la moitié.
Quelle est la femme hélas ! qui n'a point de faiblesse,
Qui ne soit pas souvent dupe de sa tendresse ?
Madame Du Hasard est un être charmant ;
Je suis père, dit-il, de son dernier enfant

Qu'elle fit l'an passé, sur la fin de carême ,

Et je suis très-certain qu'il n'est que le troisième.

Eh oui , s'écrie alors une femme d'esprit ,

De tous les temps voici l'histoire :

Il ne faut jamais croire

Que la moitié de ce qu'on dit.

LE PRINTEMPS DE 1824.

Le doux printemps est enfin de retour;
J'entends déjà, dans le fond du bocage,
Retentir les chants d'amour
Du fidèle berger et de l'oiseau volage;
Dans les bois et sur les coteaux
J'entends encor de Philomèle,
Et de la tendre tourterelle,
Les sons plaintifs et les accens nouveaux;
Je vois, sur la verte prairie,
Glisser, sans bruit et sans efforts,
Le clair ruisseau qui se marie
Aux fleurs qui naissent sur ses bords :
Rive fleurie où, tout près de sa mère,
Je vois bondir le jeune agneau,
J'entends chanter la timide bergère,
Heureuse de garder son innocent troupeau,
Naïve enfant dont le simple fuseau
L'amuse plus et la sait mieux distraire
Que des plaisirs la troupe mensongère,
Ne savent amuser les dames de château.

Du Zéphire léger et de la jeune Flore

Je sens le souffle pur et les parfums divers.

Enfin de ses rayons la ravissante Aurore

Semble à mes yeux ranimer l'univers.

Tableau charmant ! tu reviens chaque année!

Et la nature fortunée

Se réjouit, s'embellit tour à tour

Des charmes du printemps, des plaisirs de l'amour ;

Tandis que l'homme sur la terre

Ne voit jamais qu'un seul printemps,

Et que sa trop courte carrière

Est un long siècle de tourmens.....

Mais d'où vient-il que la morale

S'empare ainsi de mon pinceau,

Lorsque l'aurore matinale

Vient m'éclairer de son flambeau ?

De la vaine philosophie

Laissons-là les tristes leçons ;

Et, pour le bonheur de la vie,

Rions, chantons et jouissons.

Que le feuillage et la fougère

Nous servent de toit et de lit ;

Dans les bras de notre bergère,

Sur la fougère allons passer la nuit ;

Le lendemain, sous le feuillage,
Notre réveil sera plus doux.
L'ennui poursuit partout le sage,
Le plaisir suit partout les fous.

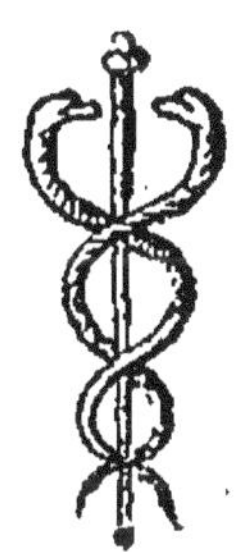

IMPRIMERIE DE J. TASTU,
RUE DE VAUGIRARD, N. 36.